古道具店2
微小生命的奇迹

[日] 楠章子　著

[日] 日置由美子　绘

时渝轩　译

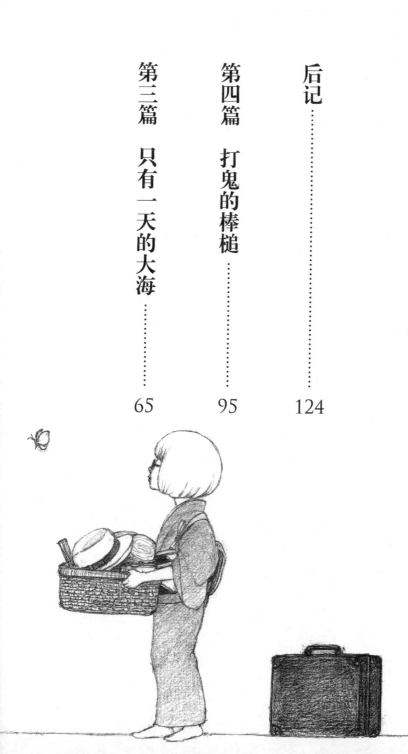

序

　　橙花婆婆在店铺的玻璃橱窗上，贴出了一张告示。告示上用墨水写着：豆狸大叔家的香皂，近日到货。

　　豆狸大叔做的香皂，卖得特别好。可是呢，这位大叔每天就知道喝酒，都不怎么工作。因此，他家的香皂经常断货。

　　三天前，这位大叔寄来了一封信。信上写道：香皂已经做好，速来取货。

　　"不都特意告诉过他，让他拿到店里来嘛！"

　　橙花婆婆一边发着牢骚，一边在心里盘算着：偶尔去趟山里也不错。原来，这位豆狸大叔住在深山里。

　　"应该就放在这里边吧！"

　　伴着嘎吱嘎吱的声响，橙花婆婆打开了抽屉。她要开始做一些去山里的准备。她要找的，是运动时穿的长裤和背包。橙花婆婆平日里穿的那件橙色和服，很显然并不适合走山路。

"剩下的，就是地图了。"

豆狸大叔还在信里交代说，把山脚下那个镇子的旧地图也顺道带给他。不过信里却没说为什么要旧地图。没准这又是大叔的心血来潮吧！

旧地图，应该就扔在桌脚旁的铁皮罐子里。想到这儿，橙花婆婆便挪开那些沾满尘土的旧书、旧杂志堆，去找铁皮罐子。

对了，这里是一家古道具店。

店里摆满了看起来很结实的桐木衣柜、高级沙发、花瓶、盥、火盆等物件。还有镶嵌了金边的茶碗、银叉子与汤勺的套件、钢笔、墨水、笔筒之类的东西。

此外，甚至像破烂不堪的煤油灯、生了锈的小刀、单个的耳环、沾满污渍的门把手等都可以在这里找到。

总之似乎什么都有，店里也因此显得有些乱糟糟的。

店主橙花婆婆满头银发，却梳着娃娃头的发型。她戴着一副小巧的圆眼镜，总是一副严肃的面孔。平日里橙花婆婆嘴里总是念叨着"若如此"如何如何的，因此店名就被称作"若此堂"。

第一篇

可以散发出香味的玻璃

可以散发出香味的玻璃

这一天虽然还能感到丝丝寒意，但柔和的阳光却照得人心情舒畅。

橙花婆婆穿着长裤，背上包，便进了山。

这座位于乡下的小山，平日里很少有人来，所以显得格外静谧。偶尔能听到的，也就是山中小鸟唧唧唧的叫声了。

"啾啾，啾啾。"

哎呀，好像还有黄莺呢！

"天气真好呀！"

橙花婆婆对着天空张开了双臂，深吸了一口这山里的空气。橙花婆婆常年呼吸着古道具店那满是尘土味的空气。因此对她来说，这山里的空气简直是上天的恩赐。

"好舒服呀！"

当她要继续享受这恩赐的时候，突然传来了孩童呜呜的啼哭声。

咦？难道是幻听？橙花婆婆这样想道。毕竟在这种地方，哪会有什么孩子呀。不过，呜呜的啼哭声又一阵阵地传到了耳边。

橙花婆婆继续爬起山路来。不久便在一棵大树下，发现了一个穿着长裤、蜷缩成一团的小女孩儿。

"呀，还真有迷路的小孩儿！"

橙花婆婆不禁叹了一口气。

从大树的方向飘来了阵阵清香。仔细一看，原来是一棵漂亮的梅花树。树上开满了红色的小花。

小女孩抬起头，眼泪汪汪地打量起橙花婆婆来。

这位老婆婆梳着娃娃头发型，满头银发，还戴着一副小圆眼镜。她的样貌看起来有点让人害怕。不过，好不容易被人发现，小女孩还是立刻停止了哭泣。

小女孩大概有十岁吧。乌黑的秀发和娃娃头发型，跟她白皙的面庞很搭。不过，这张白皙的面庞上，却沾了一些像黑煤渣子的脏东西。在眼泪的冲刷下，这些脏东西弄得小女孩的脸脏兮兮的。

"我……"

女孩刚想说话，就听见橙花婆婆先开了口："我先说说我的名字吧。我叫大原橙花，是一家古道具店的店主。今天采货来到这山里。你呢？"

"这个啊，嗯，那个……"

女孩拼命地回想着。可还是想不起来自己叫什么。

这时，橙花婆婆哼了一声。

"我想回家。想见到妈妈和姐姐。"

女孩说完，又哭了起来。

"豆狸那个家伙呀，难道这就是他让我带这个东西来的目的？"

橙花婆婆一脸不悦，把背在背上的包卸了下来。接着从包里拿出一张折叠起来的纸。这张已经有点褪色的纸，不是别的，正是那张旧地图。

"可真够麻烦的呀！"

橙花婆婆一边发着牢骚，一边把地图交给了小女孩。

小女孩不知所措，只好接过了地图。不过，她还是没有停止哭泣。

"这，这个是什么？"

"是这一带的地图。你打开看看。"

听橙花婆婆这么一说，小女孩小心翼翼地打开了这张满是破损的地图。这时，周围的空气突然一下就发生了变化。整个空气被染成了深棕色。

"有个它，你就能回家了。把它给你呢，也可以。不过这可是一件商品，所以你必须拿一件东西来换。"

"噢，那……"

小女孩把手伸进长裤的口袋里，掏出一件东西说："这个给您。"

她拿出来的，是一块玻璃碎片。

"原来是可以散发出香味的玻璃呀！"

橙花婆婆从小女孩那双可爱的手掌上接过了玻璃碎片。这块厚墩墩的玻璃碎片，棱角已经被磨掉，所以表面很光滑。

橙花婆婆用玻璃碎片的一角刮了刮梅花树的皮，然后把鼻子凑了上去。只闻见，一股酸甜的清香在周边扩

散开来。

"行，那就用这个换吧。不错不错。"

"啊，那个……"

小女孩突然慌张起来。这个老婆婆随口那么一说，自己就把珍藏的宝贝交给了她。虽然老婆婆说有了这张地图，就能回到家。可谁又知道这话是真是假呢！

"你听好了。你把地图就这样打开，然后一直走。不到你家，千万不要合上地图。我接下来还得接着赶路呢！"

到豆狸家，还得走一段山路。橙花婆婆用手帕将有味道的玻璃收好，放进了书包。

"等一等。请您跟我一块去。"

小女孩死死抓住橙花婆婆的胳膊不放。

其实，这个跟妈妈和姐姐走散的小女孩，已经到过镇上了。不过，她并没有找到自己的家。

她千辛万苦回到的小镇，已经不是她熟悉的那个小镇了。现在的小镇到处是熙熙攘攘的人群。

平整的街道上，汽车嘟嘟嘟地开过。擦肩而过的人们，都急匆匆地赶着路。他们穿的也不是和服，而是西式服装。时不时还有一些金发碧眼的人出现。

难道是来到国外了？不对不对，也可能是美军终于登陆日本了呢。小女孩就这样胡思乱想着。她很害怕，不知道接下来该怎么办。她的双腿也开始发软。随后，她便逃离了小镇，来到了山里。

"不都跟你说了嘛！有了那个地图，就能回到家了。"

可是不管橙花婆婆怎么说，小女孩就是不松手。小女孩就那样一直哭，脸都哭花了。

哼！橙花婆婆哼了一声。她决定放弃继续爬山，转而开始按原路下山。她就那样一直朝着山下的方向走去。

"啊，请等一等。"

一头乌黑的秀发、留着娃娃头的小女孩，跟在了满头银发、同样留着娃娃头发型的橙花婆婆后面下了山。

从下山到走进小镇的这一段时间里，橙花婆婆始终没有开口说话。

"虽然这个老婆婆一脸严肃，可现在只有她能够帮我。"于是，小女孩只好老老实实地跟在了橙花婆婆的后面。

等到了小镇的时候，橙花婆婆突然停下了脚步。

"接下来，你应该知道怎么走了吧？"

"啊，嗯……"

小女孩紧张地看了看地图。其实，在这之前她几乎没有用过地图。

自己能不能看得懂啊？小女孩心里有一丝不安。

"啊，有了。"

原来她在地图上找到了小学。

"哎呀，又有了。"

紧接着，她找到了神社。

记忆中的小镇逐渐浮现在小女孩的脑海里。还有每年正月，全家人一起去参拜的神社。神社附近，有一条小河。每到夏天的时候，她就会去那里玩水。过了小河上的桥，能看到很多家酿酒厂。

这个宁静的小镇，因造酒而闻名。因为有了山里香甜的水，这里酿造出了非常可口的美酒。

小女孩战战兢兢地走进了小镇。

这时的小镇特别安静。

小女孩手拿地图一步步走着。橙花婆婆则一直跟在她身后。

这里已经没有了上次她来时候的喧闹。今天的小镇，空气清新。小女孩终于放下心来。

小女孩以几家酿酒厂的位置为记号，继续走着。深棕色的小镇，既没有自动贩卖机，也没有柏油马路。超市、家庭餐馆这些，在镇上也都找不到。这是小女孩再熟悉不过的那个小镇了。这感觉就像是穿越到了几十年前一样。

更不可思议的是，这次她谁都没有遇见，包括那些可怕的美国军人。

"今天这个小镇，是我熟悉的那个小镇。"

小女孩加快了走路的步伐。

不知道妈妈和姐姐还好吗？

小女孩急切地想见到妈妈和大自己三岁的姐姐。她的妈妈无论什么时候都笑眯眯的，特别和蔼可亲。

爸爸和年长的哥哥都不在家。他们都上战场打仗去了。

小镇就像旧地图里画着的那样。马上就要到小女孩的家了。

转过那个种着黄杨树的院墙，就可以看到一处院子。院子的门口挂着"山野"字样的木牌。那里就是小女孩的家了。

"妈妈、姐姐。"

小女孩哗啦啦地就推开了家门。

"若是如此的话……"

就在这时，橙花婆婆看准时机从小女孩手里夺过地图，然后慢慢地合了起来。

只见空气又突然发生了变化。原本深棕色的世界，一下子就变得色彩斑斓。空气褪去颜色，从地图中的世界变成了现实的世界，也从过去变到了现在。

"是哪一位呀？"

从屋内缓缓走出一位老奶奶。老奶奶弯着腰问道。

这位老奶奶不停地打量着小女孩。

"我的妈妈和姐姐呢？"

小女孩赶忙问老奶奶。看样子，她并不认识这位老奶奶。

"难道，难道你是……"

老奶奶紧紧抓住了小女孩的手。

"你是……"

老奶奶浑浊的眼睛里散发出了光芒。

"你是梅子?"

听老奶奶这么叫，小女孩吃了一惊。她记得这个名字。

梅子。

妈妈。

梅子。

姐姐。

梅子。

附近的叔叔阿姨们。

梅子。

学校的同学们，都是这么叫她的。

小女孩终于想了起来。

她想起了山野梅子这个名字。

公历 1945 年 6 月，梅子和妈妈、姐姐住在大阪。大阪是妈妈的娘家，外公和外婆就住在那里。妈妈偶尔会去大阪看望外公外婆，梅子和姐姐也就常跟着去。一到大阪这种大城市，两个人心情就特别激动。大阪有很多的人，街道也特别热闹。那里有很多高大的建筑。也有电车穿行在街道上。还能买到很多新奇的小玩意儿。

"今天你们就看家。因为不知道什么时候就会有空袭。"

妈妈打算让梅子和姐姐待在家里。那个时候，大阪已经遭受了好几次大空袭。炸弹击中的地方都被夷为了平地，也有很多人因此而丧命。

"不要不要，我也要去。"

梅子紧紧抱住了妈妈。

"这可不行。跟姐姐好好待在家里吧。"

妈妈刚说完这句话，姐姐也跟着吵闹起来。

"我也不想待家里。我也要跟妈妈一起去。"

妈妈愣了愣神后，就微笑起来。随后她给三个背包里装满了蔬菜。三个背包有两个是梅子和姐姐的。

"哇！太喜欢妈妈了。"

梅子和姐姐兴奋地背起了背包。

那个时候，乡下的小镇还非常平静。因此，梅子和姐姐并不知道战争的残酷。收音机和报纸报道的战争，似乎离她们还很遥远。

像之前一样，她们怀着兴奋的心情奔向大阪。

她们很早就出门了，九点前就到了外公外婆家。

"我们带了好多东西来呢！"

梅子把蔬菜从背包里拿了出来。外婆呢，则认认真真地接过每一个蔬菜。

"谢谢你们呀！"

那个时候城里缺乏粮食。从乡下拿来的蔬菜，是再珍贵不过的礼物了。

"哦，对了。"

外公打开橱柜的抽屉，然后拿了一个什么东西走了过来。

原来是两块玻璃碎片。

"可以散发出香味的玻璃！"

梅子激动地叫出声来。学校的朋友曾经很自豪地拿给她看过这样的玻璃。外公拿过来的，跟朋友的那个一模一样。

把这种玻璃轻轻一刮，就能散发出一股香味儿。女孩子们都特别想要这种奇特的玻璃。朋友的那块是她姐姐给她的。她的姐姐在城里工作。梅子也特别想要这种玻璃。

现在梅子和姐姐都得到了一块这样的玻璃片儿。

"试着刮一刮看。"

姐姐把玻璃片儿在柱子上刮了刮，然后赶忙把玻璃送到了梅子的鼻子边。玻璃片儿随即便散发出了一股酸甜的香味。

"好香啊!"

梅子完全陶醉在其中。

正在这时，耳边传来了刺耳的警报声。呜——呜——呜——呜。

"是空袭警报!"

外公大声叫喊着。

"快去防空洞！"

妈妈急忙抓住梅子和姐姐的双手。妈妈抓过来的力气太大了，把梅子和姐姐都抓疼了。

不多久，天空上便出现了美军的飞机。一颗颗炸弹从轰炸机上落了下来。

啾……嘣，嘣。

炸弹爆炸的声音太令人害怕了。梅子吓得赶忙用双手捂住了耳朵。在一旁的姐姐也浑身颤抖。

啾……嘣，嘣。

转眼间，整个城市一片火海。

"一直待在这儿，要被烧死的！"

大家听从了外公的建议，逃出了防空洞。为了寻找更安全的地方，大家行走在已经一片火海的大街上。

"千万不要走散了！"

妈妈紧紧地拉住了梅子和姐姐的手。

很多人朝着没有火的地方逃跑。外公走在最前头。妈妈跟在外公后面，一边保护着腿脚不方便的外婆，一边留意着梅子和姐姐。为了不走散，梅子和姐姐也拼命地跟着。

火焰像个怪兽一样，包围了建筑物。在热风的作用下，火星四溅。房子的屋顶都被烧得掉了下来。

"呀!"

"好危险啊!"

"这边，走这边!"

四周传来了各种各样的呼喊声。人们越是逃，街道就越混乱。

咚。不知道是谁撞倒了梅子。就在这个时候，梅子松开了姐姐的手。

"姐姐，妈妈。"

小梅子被人流冲散了。

"梅子，梅子。"

梅子听到了姐姐的呼喊。可是人群中却看不见姐姐的身影。

梅子从人群中挣扎了出来，赶忙去找妈妈她们。

"妈妈，姐姐。"

梅子大声呼喊着，却听不到任何回答。

现在，就剩下梅子孤零零一个人了。

梅子感到一阵委屈，眼泪吧嗒吧嗒地就掉了下来。

不管她怎么走，到处都是一片火海。整个城市简直就像个地狱。

不一会儿，不知道是吸了太多的烟雾，还是吹了热风，也有可能是累了吧，梅子感觉自己的脑袋一阵阵眩晕。

"妈妈！姐姐!"

她的呼喊声越来越弱。

原本应该避开火势的，梅子的身体却不听使唤，晃晃悠悠地朝着火势旺盛的地方走去。

嘎吱。

啪啦啪啦。被火势包围的房屋开始出现坍塌。

嘎吱，嘎吱，嘎吱。

突然一堵着了火的墙从梅子头上倒了下来。

"啊。"

当梅子朝上看的时候，身体已经被那堵墙压在了底下。

她试着挣脱出去，可最终没有成功。那堵墙太厚了，她一转身挣扎，全身就疼得受不了。

救命啊！

梅子已经喊不出来呼救声了。她知道，即便使尽全身力气呼救，肯定也不会有人来救自己了。

她的意识渐渐地模糊起来。

妈妈和姐姐安全回到乡下那个安静祥和的家了吗？

我也好想回家！

梅子在心里期盼着。不久她便闭上了眼睛。

"你真是梅子啊！"

老奶奶用皱巴巴的手紧紧握住梅子的小手。这时，梅子感到一股暖流从体内涌了出来。

这是什么感觉？

梅子在心里想，这个满手皱纹的老奶奶，到底是谁？

"你终于回来了。"

老奶奶哭了起来。

为了我而哭的人？

梅子端详着这位老奶奶。

脑子里好像记起来那么一点点。

"你是姐姐？"

梅子半信半疑地问道。

"是呀是呀！我已经成了这样的老婆子了！"

老奶奶一阵苦笑。

那场战争已经过去六十多年了。战争年月里还是个小孩子的姐姐，如今已经过70岁了。

"对不起呀，那个时候没有找到你。这回，你终于好好地回来了。"

直到现在老奶奶还在心里忏悔，那个时候不该松开梅子的手，以至于后来再也没有找到被人群淹没的梅子。

自己和家人最后都安安全全地回到了乡下的家里，但大家都特别担心走散的梅子。妈妈后来又多次去了大阪找梅子。那个时候，大阪已经被烧成灰烬，混乱不堪。妈妈走遍了大街小巷，腿都走得抽筋了，可还是没有找到梅子。

"这个孩子在山里的一棵梅花树下哭。我呢，叫大原橙花，是古道具店的店主。刚好去山里进货，在中途遇到这孩子。就这样，我把她带到这儿来了。"

橙花婆婆向老奶奶这样解释道。

"是这样呀。那太谢谢您了。山里的梅花树？啊，梅子，原来你在那儿啊！"

老奶奶对着橙花婆婆深深鞠了一躬，接着又点了点头。

家里人经常去爬那座山。加上爸爸、哥哥一共五个人，一家子拿着妈妈做的便当开开心心地去爬那座山。

梅子特别喜欢爬山途中遇到的那棵大梅花树。这棵树跟自己的名字一样，所以梅子还常说："这是梅子的树呀。"每到了春暖花开的季节，大家都会去那里赏赏花，顺便坐在树下吃吃便当。

"我找不到家了，就只好在树下等了。"

说完，梅子难过地低下了头。

"镇子发生如此大的变化，确实比较容易迷路。好在山上的那棵梅花树，一直都在那儿。这孩子一定在心里想，一直待在那里等的话，家里人会来接她的吧。"

橙花婆婆透过小巧的圆眼镜看着老奶奶，一边听她说。

"梅子，实在太对不起你了。"

老奶奶放声大哭起来。

"我已经好好地回到家了，这下总算好了。姐姐，你别哭了。"

梅子轻轻抚摸着老奶奶的背。她的侧脸就像春天的阳光一样柔和。

这时，梅子的身体开始渐渐地消失。橙花婆婆则站在一旁，默默地注视着这一切。过了不一会儿，只能看到老奶奶的身体，而梅子的身体正渐渐消失。到了该说分手的时候了，橙花婆婆这样想着，随后把合起来的旧地图交给了梅子。

"梅子，这个是你的。"

"谢谢您。"

梅子微笑着接过了地图。这时，只见她的脸颊微微地泛出了红晕。

在大阪遭到空袭之后的八月，广岛和长崎遭受了原子弹的轰炸。

"后来，爸爸和哥哥都回家来了。不过，回来的时候两个人都已经成了一堆白骨。"

老奶奶把橙花婆婆让进了茶室。接着，她拿过热水壶，给橙花婆婆冲了一杯速溶咖啡。

"战争结束后，我再也没去爬过那座山。爸爸、哥哥、梅子都已经不在了，我也就再也不想去那里了。这对那个孩子来说，太残忍了。她还一个人孤零零地在那里等着。我实在是太对不起她了。"

老奶奶像是自言自语一样，继续说着。

"直到临终前，妈妈都没有忘记梅子。"

橙花婆婆一言不发，只是静静地喝着咖啡。

"谢谢你的款待。我也差不多该告辞了。"

说完，橙花婆婆将喝完的杯子放回饭桌，准备离开。这时老奶奶起身，从厨房拿出了一个容量为一升的瓶子。

"这个是给您的小礼物。请您收下。"

这瓶子里装的是这个小镇酿的酒。要是豆狸大叔在的话，他肯定会特别开心地收下。不过，对橙花婆婆来说，这个量似乎有点太多了。

"谢谢谢谢。不过，这个礼物我不能收。我已经收了这个东西了。"

只见橙花婆婆从书包里拿出了一个手帕。手帕里包着的正是可以散发出香味的玻璃。

"啊！"

看到这块玻璃碎片，老奶奶惊讶地用手捂住了自己的嘴。随后，她从里屋拿出了一个小箱子。箱子外边还贴着漂亮的彩色印花纸。

"这个给您。"

箱子里边，放着一块一模一样的玻璃碎片。

"应该还有味道吧！"

就像回到童年时那样，老奶奶兴奋地用玻璃碎片在榻榻米上刮了刮。

然后她把玻璃碎片凑到了鼻子跟前闻了闻。还是那个酸甜的香味。这个味道，很像梅花的香味。

第二篇

被虫子蛀了的毛巾

被虫子蛀了的毛巾

"差不多该做那个了吧？"

周六这一天，奶奶突然这么说道。

"您说的是那个东西吗？"

妈妈一脸疑惑地问。

"这不马上到秋分了嘛！"

奶奶的表情看起来极其自然。其实现在才是初夏，离秋分还早着呢。毫无疑问，肯定是奶奶搞错了。

"噢噢，其实……"

妈妈很难说出口。

没想到，优子却突然"哇"的一声，兴奋起来。

原来她们说的那个东西是日式牡丹饼①。

---

① 红豆外包裹糯米团子制成的日式糕点，多在春分、秋分时食用。

奶奶做的日式牡丹饼非常好吃的。随着年龄的增长，奶奶记性越来越差，很多事情都不能亲自做了。不过，每到了做日式牡丹饼的时节，奶奶就特别精神。

"奶奶做的日式牡丹饼耶，哇！哇！"

看到优子故意装出兴奋的样子，妈妈这样说道："是的呀。一起做吧。"

于是，妈妈和优子一起帮奶奶做起了日式牡丹饼。

煮红豆、蒸糯米这些活，只要听奶奶的"差不多这些"之类的指示，就肯定能做得特别香。水、白糖和作为秘密调料的盐的添加，奶奶每次都拿捏得恰到好处。

尝完刚刚做好的豆馅儿后，妈妈佩服地说："这还真不是一般人能学得来的呀！"

优子也跟着尝了一口。

"太好吃了！"

甜度、松软、丝滑都恰到好处。这可比店里卖的日式牡丹饼好吃多了。优子特别自豪，自己的奶奶能做出这么好吃的日式牡丹饼。

奶奶做的日式牡丹饼，豆馅儿、糯米的量都放得很足。而且每次都做很多，然后拿给邻居们吃。奶奶做的日式牡丹饼在邻居们中间，可是很受欢迎的。

把还是米粒形状的糯米捏成饭团子形状，然后用豆馅儿裹起来这些活儿，优子也都做得特别好。

"好吃，好吃。"

经奶奶这么一夸，优子把大部分的日式牡丹饼都捏好了。此外，她还做了那种把豆馅儿放入糯米中，然后涂上黄豆面的牡丹饼。

"我给若此堂拿一些，可以吗?"

优子问妈妈。

"当然可以啊!"

妈妈特意为优子准备了一个多层便当盒。第一层里放了豆馅儿的牡丹饼，第二层放了黄豆面的牡丹饼。刚好每层可以放下三个。

"嘿嘿嘿。"

优子抱着用布包好的木盒，出了门。

若此堂的店主橙花婆婆表情冷淡，让人一看就觉得害怕。但优子却十分喜欢橙花婆婆。上次因为奶奶的事儿，橙花婆婆还帮了自己。从那之后，优子就常去若此堂玩儿。

若此堂是一家古道具店，位于从车站进入镇上的大路边儿上。

店里常常乱糟糟的。旧书旧杂志、古董家具等这些不值钱的玩意儿都摆在那里。不管日本的还是西洋的，只要是旧东西，店里几乎是应有尽有。像穿着和服的日本娃娃呀，还有它旁边的那个穿着礼裙的法国玩偶。而咖啡杯的边上，还摆着饭碗。

优子特别喜欢这个看起来乱糟糟的若此堂。刚来的时候，还有点不适应。而现在，店里的每一个古道具对她来说，都有着一种特殊的温暖。

"有人在吗？"

优子推开了若此堂的玻璃门。

没有看见橙花婆婆的身影。店里看起来比平时更乱了。商品也好像少了一些。

"橙花婆婆。"

优子朝着里屋喊了喊。

没有回答。

没办法，优子只好朝里屋走去。在这之前，她还没进去过那里。

突然传来了咔嗒咔嗒的声响。

难道？

优子心里咯噔了一下。难道是趁橙花婆婆不在店里的工夫，小偷进店里来偷东西？

咔嗒咔嗒，咔嗒咔嗒。

又传来了这个声音。

"啊！"

优子吓得差点把便当盒掉到地上。正在这时，橙花婆婆突然出现在眼前。橙花婆婆还是满头银发，留着娃娃头，戴着圆眼镜的模样。今天她穿着的还是那件橙色和服。

"噢噢，原来是你啊！"

"呀，吓坏我了。"

优子差点就被吓得哭出声来。

"你来得正是时候。"

橙花婆婆正想把一个用藤蔓编织的篮筐交给优子。

优子抱着木盒儿对橙花婆婆说："这个给您。"

说完，她就把用布包起来的便当盒先交给了橙花婆婆。

橙花婆婆把篮筐放在一旁，接过了便当盒。

这时，优子说道："这是我和奶奶一起做的牡丹饼。非常好吃，您吃吃看。"

"这个太谢谢你了。我等一下再吃。今天必须把这个先解决了。"

说完，橙花婆婆就把便当盒放在了桌子上，然后提起了一捆儿旧书。

看样子，她是想把店里的旧道具搬到什么地方去。看起来会很忙啊。

"您这是要打扫店里吗？"

优子这样问道。

"打扫房间的同时，顺便想把旧道具都拿出来晒一晒。梅雨已经过去了，趁着天气变得炎热之前，把这些道具放太阳底下晒一晒。"

橙花婆婆又接着拿了一捆旧书进了里屋。

"这个也需要晒吗?"

优子把刚刚的那个篮筐也拿了起来。

"是啊,来,走这边。"

跟在橙花婆婆后面,优子第一次进入了若此堂的里屋。

里屋是橙花婆婆的卧室。里边有一个收拾得整整齐齐的茶室,茶室里边还连着一个同样整齐的小院子。

院子里铺着草席。草席上摆放着很多的旧道具。在阳光的照射下,那些旧道具都显得熠熠生辉。

晾衣杆上晾着一些短外套和漂亮的布料。在微风的吹拂下,这些东西随风飘摆着。

天气太好了。连优子都想晒一晒太阳了。

"接下来呢,晒这个。"

橙花婆婆恨不得把那些旧道具都拿出来。优子把橙花婆婆递过来的背垫放在了草席的空处。

不知不觉中,两个人渐渐形成了明确的分工。橙花婆婆把东西搬到走廊上,紧接着优子把东西从走廊搬到草席上。

不一会儿，草席上就密密麻麻地摆满了各种各样的东西。有木盆、人偶、箩筐、坐垫、装饰着串珠的钱包、蕾丝围巾等。

通过晾晒，阳光和微风去除了旧道具上的湿气。这样就不容易生虫了。

"橙花婆婆，您可真爱惜这些旧道具呀！"

优子顺嘴那么一说。橙花婆婆却哼了一声。

等草席上摆满了东西后，橙花婆婆把热茶和优子拿来的牡丹饼端到了走廊上。

干完活儿后再吃甜甜的牡丹饼，似乎比平时更好吃了。优子一口气就吃了两块。

"味道不错呀！"

橙花婆婆这样夸赞道。对优子来说，这就跟夸赞自己奶奶一样。因此她更开心了。

这时候，真正的夏天还没有到来，所以也不是很热。可能是搬东西时候活动活动了身体吧，优子的额头都渗出了汗。

"用这个擦擦汗吧。"

橙花婆婆从晾衣杆上拿过来一块浅绿色的毛巾，交给了优子。

"谢谢您。"

优子也不客气，接过毛巾擦了擦额头的汗。软绵绵的毛巾散发出一股青草的香味。

"我回来啦!"

优子回到了家。

本来她还想接着帮橙花婆婆收拾屋子，可橙花婆婆却说自己打算一个人弄。于是优子就先回了家。

"你回来啦。今天回来得有点晚啊，肯定又在若此堂那里说这说那的。你可不要再给店里添麻烦了。咦？那个是怎么回事？"

妈妈突然注意到了优子围在脖子上的毛巾。

"橙花婆婆送给我的。"

优子解释说，这是自己帮橙花婆婆晒东西，橙花婆婆送给她的。

"噢噢这样啊。颜色好漂亮。手感也不错。"

妈妈摸了摸这块浅绿色的毛巾，说道。

"这可是若此堂的东西，搞不好有什么魔力呢。"

妈妈笑着说："要真是那样就好咯！"

妈妈果然不相信呀，不过优子没有继续说下去。若此堂是一家充满神秘魔力的古道具店这件事，可是她和橙花婆婆之间的秘密。

"你用这个擦过汗了吧？我给你洗洗。"

妈妈刚好正在洗衣服，所以就顺便把毛巾从优子脖子上拿了下来。

就这样，浅绿色的毛巾也被放进了洗衣机，随后被晾在了优子家的阳台上。

傍晚。

"喂，能不能帮我收一下衣服？"

妈妈在厨房对优子说道。

"好！"

优子停下了一个人正在玩的游戏，走去了阳台。

晒的衣服都干了。

啪啪，啪啪。

优子把衣服一件件拍了拍，然后放进了竹筐。

啪啪，啪啪，啪啪。

优子接着拍了拍衣服。这样就可以把粘在衣服上的灰尘、杂物、虫子都抖掉了。

"啊……"

优子突然发现，橙花婆婆给她的浅绿色毛巾上出现了一个手指头大小的洞。难道是被虫子蛀了？也有可能是原来就有个小洞。在洗衣机里转了转，这个洞更大了吧。

早知道这样，就手洗了。

优子有些不高兴，把拿在手上的毛巾又啪啪啪地拍了拍。

"好疼！"

怎么回事？

她似乎听到了什么声音。

可是，旁边谁都没有。阳台上只有优子一个人。

听错了吧。

优子刚这样想，突然耳边传来了一个很小很小的声音说："受不了了。你好粗暴啊！"

优子看了看脚下。她感觉这声音像是从下边传来的。

是虫子？

优子揉了揉眼睛。那里有一个浅绿色的，和食指一样大的东西。

"啊，啊啊啊！"

那个不是什么虫子，倒是个个头非常小非常小的男孩儿。

男孩儿身上没有穿衣服，全身都裸着。他的头发、皮肤都是浅绿色的。眼睛就像绿色的翠玉一样。

"是你把我吵醒的吧。啪啪啪的，你想干什么？"

男孩儿双手叉腰，瞪着优子说。

看样子是优子拍打衣服时掉下去的。他还在生着气呢。

"对不起，对不起。"

优子诚恳地道着歉。

"哼。以后注意点儿啊！"

男孩儿个儿很小，声音却很大。明明比优子年龄小，却一副盛气凌人的样子。

"你原来在哪件衣服上面?"

优子这样一问,男孩儿急忙顺着优子的脚爬了上去,然后轻轻地落在了竹筐里那块浅绿色的毛巾上。

"原来是这个呀!"

优子终于想通了。这可是若此堂的橙花婆婆送的毛巾,还真会发生一些不可思议的事情。

"我叫优子,你呢?"优子盯着男孩儿问。

"名字?"男孩儿愣了愣。

"对,你能不能告诉我你的名字?"

"哼,我不知道什么是名字。名字那种玩意儿,要不要都无所谓。"男孩儿这样说道。

"别闹了。赶快告诉我。"

优子脸都涨红了。

看见优子这样,男孩儿沉默了,没有说话。

不一会儿,就说了这么一句:"不都跟你说了嘛!我没有名字。"

没有名字!

优子吃了一惊。

"没个名字，还挺麻烦的呢。"

"这有什么呀!"

说完，男孩儿还哔哔哔地吹起了口哨。

这个嘛……

优子想了想。没有名字，不麻烦吗？肯定不方便啊！不过为什么不方便，优子也想不出个答案来。

啊，对了。

优子脑子里突然闪过一个念头。

"不知道你的名字，咱们就没办法做朋友呀。"

优子说完，男孩又愣了愣。

"朋友?"

"对呀。朋友。所以你要是没名字的话，还是起一个吧。"

优子微笑着说。

"头发、皮肤都是绿色的。那，那要不叫个绿什么的吧。哦，对了，绿丸子怎么样？就这样定吧，绿丸子。"

听到优子给自己起的名字，男孩儿也开心地说："绿丸子啊。"

紧接着，优子用手帕简单地给男孩儿做了件小衣服。

一开始，优子还以为绿丸子是什么虫子之类的。不过，这猜得也不算太离谱。

原来，绿丸子总是大口大口地吃毛巾，简直就跟绿毛毛虫吃嫩叶子一样。

"这个洞，是你咬的吧。"

优子眨着眼睛问道。

绿丸子可不是什么毛巾都吃的。他只吃这种浅绿色的毛巾。

"你还真会找地方。竟然知道我家阳台有这种毛巾。"

他会不会是听橙花婆婆说我这里有浅绿色的毛巾，所以才来的呢？

这时，绿丸子说："我是闻见这种香味找到这里的。"

原来如此。

毛巾散发着微微的青草味。可能对绿丸子来说，这种味道更加明显，更加好闻吧。

绿丸子吃够了，就钻进毛巾里睡起大觉来。

他一边呼呼呼地呼着气，一边睡觉的样子还蛮可爱的嘛！

"这可不能让妈妈看见。"

要是妈妈看到这么小的小孩，肯定会吓得跳起来的。

星期天，优子来到若此堂。她告诉橙花婆婆，自己又多了一个可爱的朋友。

"生虫了呀。那可太有意思了。"橙花婆婆这样说道。

"是呀。他现在可是我朋友呢。我会和他好好相处的。下次，我带他过来。"优子这样对橙花婆婆说。

"哼！"橙花婆婆又哼了一声。

出门的时候，绿丸子还像平时那样，睡得很香。于是优子就没有叫醒他。

不过等优子回到家的时候，绿丸子又在咔嚓咔嚓地吃着毛巾。现在，毛巾到处都是洞洞。

"你去哪儿了呀？我一个人待着很没意思啊。"

不知怎么的，绿丸子突然就变得爱撒娇起来。

优子扑哧地笑出声来。

"你这是什么意思？你笑什么啊？哼！"

绿丸子一副满不在乎的样子。

"对不起对不起。我去一家叫若此堂的古道具店了。下次，带你一块儿去。"

优子赶忙道歉说。

"没有下次了。"

看样子，绿丸子有点生气。

为了让绿丸子消消气，优子便从书架上拿来了一本绘本。

"你看这个。很有意思哟。"

优子把绿丸子放在膝盖上，然后打开了画册。绿丸子眨着翠玉色的眼睛，津津有味地看着。

对绿丸子来说，画册简直就像电影院的巨大银幕一样。每翻开新的一页，他不是吃了一惊，就是大笑不止。看到这，优子就更加有感情地读起了文章。

"优子你好厉害啊！说起话来，这么流利。"

绿丸子一副敬佩的模样，其实是他搞错了。

"我只是读了读书里的文章而已。"

说完，优子还用手指了指页面下方的文字。这意思是说，自己并没有创造故事。

"文章?"

绿丸子扭起了头。

"嗯，对的，是文章。你看，这不是有文字吗?"

听优子这么一解释，绿丸子把绘本拿到跟前，用手摸了摸文字。

"文字?"

绿丸子想知道文字到底是什么东西。不过，就靠摸这么几下，可是永远不会明白的。文字可是要通过阅读才会明白的东西。

我可读不了啊……

于是，优子就开始教绿丸子识字。她搬来了画本和蜡笔，选择了一根绿色的蜡笔，先写上了"绿"这个字。紧接着写了"丸"，最后写上了"子"的字样。

"这就是你的名字，绿、丸、子。"

"绿、丸、子。"

绿丸子用手指着一个一个字，这样读着。

"对对，就是这样。"

优子高兴地拍起手来。

"嘿嘿嘿。"

绿丸子也高兴起来。

"接下来，你试着自己写一写。"

优子把一根黑色蜡笔交给了绿丸子。黑色蜡笔已经是盒子里最小的蜡笔了。可对绿丸子来说，这根蜡笔还是显得特别大。

"嗨哟，嗨哟。"

绿丸子使出全身的劲儿转动起蜡笔，努力写出了"绿"。写"绿"这个字，掌握平衡很难。绿丸子写出来的就像是蚯蚓在爬一样。不过，还凑合能看。"丸"字，那一个点放在哪儿比较难一些。不过"子"这个字，绿丸子写得很不错。

"写好了呀！"

看着绿丸子第一次写好的字，优子心里一阵阵感动。

"嘿嘿嘿……"

绿丸子也是一副很满意的表情。不过用那么大的蜡笔写字，绿丸子可是累得够呛。不仅如此，他的手上和脸上也都沾满了黑色蜡笔。优子只好用纸巾沾了沾水，把绿丸子的脸和手擦干净。

或许是太累了吧。那天夜里，绿丸子睡得特别死。

周一早上一起来，优子就去给绿丸子说早安。可是，在毛巾上却发现了一个绿色的蛹。她用手帕做的那件衣服则被放在了一旁。

"难道这个是绿丸子？"

优子心想，这怎么可能。她到处找绿丸子，不过怎么找都没找见。难道这个蛹真的是绿丸子变的？

绿丸子平日里就像个毛毛虫一样，咔嚓咔嚓地吃毛巾。因此，他变成这个蛹也就不那么难以理解了。

"我去问问橙花婆婆。"

优子用毛巾裹起蛹，然后放进了书包。

她今天出门比平时早了一点儿。在去学校之前，她先去了一趟若此堂。

"早上好。那个，我想请您看一看这个是怎么回事。"

说完，优子从书包里拿出了蛹。

"好漂亮的蛹呀！"

橙花婆婆慢悠悠地说道。

"这个真是绿丸子吗?"

优子这样问道。橙花婆婆听完后,点了点头。

"那接下来,还会变成什么样呢?"

优子接着问道。

橙花婆婆没有直接回答她,只是说了一句:"你自己用眼睛好好观察吧。"

就算是要观察,也不能在学校一整天都静静地看吧。不过,在学校优子一有机会,就偷偷地去瞄书包里的蛹。结果还是没有任何变化。

回到家后,她把蛹放在桌上,就那样一直盯着。可是,到了周一晚上,仍然没有变化。

周二,优子把蛹拿到学校去,依旧没有变化。

周三、周四还是一样。

该不会就一直这样下去吧……

优子开始越来越害怕。

周五晚上刚过八点,蛹的背部开始裂开。从里边竟然露出来一只透明的翅膀!

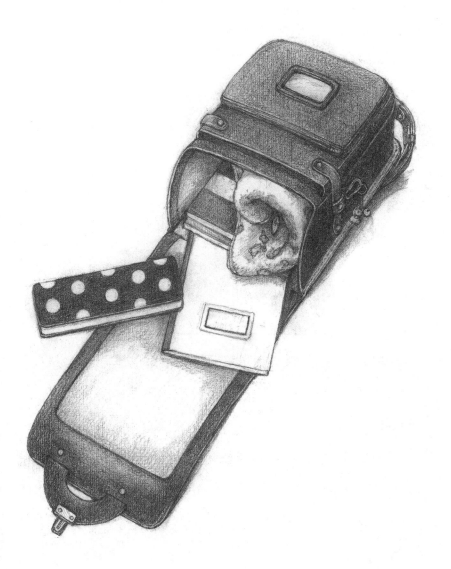

随后露出来的是已经成人的绿丸子。透明的翅膀看起来非常柔软。过了不久，就变得像又硬又薄的胶带。

这时，只见绿丸子使劲儿地伸出双手，然后打了一个大大的哈欠。

看到优子，他问："我的衣服呢？"

听到这个声音，优子吓了一跳。原来，这已经不是优子所熟悉的那个绿丸子的声音了。这个低沉的声音，倒更像一个成年人的。

绿丸子穿上衣服，张开了翅膀，随后便嗖地一下飞了起来。

"哇哇……"

优子被这个优雅的动作给迷住了。

"你变化好大啊。尤其是那双翅膀，简直太漂亮了！"

听优子说完，绿丸子若无其事地开始吹起了口哨。哔哔哔……

"喂，你能不能再飞一下给我看看。"

为了满足优子的愿望，绿丸子再次在空中飞了飞。只见他在空中一会儿急转弯，一会儿又缓缓地绕了一个圆。

周六这天，绿丸子从窗口飞了出去。

优子特别担心别人发现绿丸子，然后抓走绿丸子。

"别担心。我飞行技术很好的。"

绿丸子眨了眨眼睛，对优子说。

"你快点飞回来啊。"

优子大喊着。只见绿丸子挥了挥手，然后飞了出去。初夏的阳光洒在他那透明胶带一样的翅膀上，发出闪闪的光。

中午刚过，绿丸子就安安全全地飞回来了。

"啊，好累啊！"

说完，他就躺在毛巾上，睡眼惺忪地看着优子。

"外边好玩吗？"

优子问。

"嗯，好玩。不过，还是这里让人放心一些。"

绿丸子明明已经很累了，可他还是使尽全身的劲儿，飞到了优子的手掌上。随后，他便安静地睡了过去。

就这样，优子用手掌托着绿丸子，也迷迷糊糊地睡

了过去。等她猛地醒来的时候，她仍然没有注意到绿丸子的异常。

"喂，差不多该起来了。"

优子用手指戳了戳睡在手掌上的绿丸子。不过，绿丸子还是没有任何反应。

"喂，再不起来，我可要生气了！"

她的声音明明很大，可绿丸子却像是听不见。

这时她才发现有点奇怪，于是再一次用手指戳了戳绿丸子，绿丸子还是一动不动。

"怎么回事啊？"

优子的心跳突然一下子加快了。

"你到底怎么了啊？"

绿丸子的身体开始慢慢地发生了变化。

"不会吧！"

绿丸子的身体，眼看着就要变成浅绿色的粉末了。

"怎么会这样，怎么会这样，怎么会这样？"

终于，她的手上只留下了一些粉末。优子紧握住双手，赶忙跑去了若此堂。

当她到若此堂的时候，橙花婆婆正拿着扫帚打扫着店门口。

"绿丸子他……"

优子张开了双手，想让橙花婆婆看一看绿丸子最后的模样。

就在这时，一阵风突然吹来，将优子手上的粉末吹散了。

"那个孩子，从生下来就注定生命短暂。就像人的一生只有几十年那样，那个孩子的一生，基本上只有八天。"

橙花婆婆静静地说着。

从自己手中消失的这个生命，竟然如此短暂。

"怎么会是这样？"

优子紧紧地抱住了橙花婆婆。

我还想教他认很多很多的字，给他读好多好多的画册。

可是，绿丸子却已经不在了。

"我们才刚刚成为朋友……"

原本，我们以后玩得会更好。

"今天早上，那个孩子拍着翅膀飞来了。他非常非常开心。还说自己能写出自己的名字来了。"

橙花婆婆一边抚摸着优子的背，一边说道。

"绿丸子，你快回来！"

优子放声大哭。她紧紧地抱住橙花婆婆，就这样哇哇地哭着。

第三篇 ——只有一天的大海

只有一天的大海

熄灯时间刚过不久，就传来了大家呼呼呼睡觉的声音。

太好了。

洋太悄悄地掀开了被子。

在青叶山医院住院的小朋友间，流传着一块镜子的传说。这块镜子就是放在儿科幢病房电梯里的那块儿。

洋太是从好朋友光介那里听到这个传说的。

光介和洋太住在同一间病房，他们年龄也相同。洋太的病始终不见好转，因此他每天都意志消沉，闷闷不乐。而光介呢，人很阳光，心态也很积极。当洋太遇见光介后，他原本乏味无聊的住院生活才开始变得有趣起来。

光介住院的时间比洋太长得多。他常常会告诉洋太一些很有趣的事情。

比如医院学习班的小田老师有一位非常漂亮的女朋友呀，要是违抗西野护士，不会有好下场呀，探病时收到的"元气布丁"是医院附近那家蛋糕店做的，非常好吃等等。关于电梯里那块镜子的传说，也是其中之一。

"半夜里，要是只有小孩子去坐那个电梯的话，就会有妖怪从镜子里爬出来……"

光介说着说着，连鼻孔都不自觉地张大了。

"妖怪？什，什么妖怪？"

洋太战战兢兢地问。

"干瘦干瘦的，眼珠子放光，嘴张开能到耳朵边儿上。舌头有一米左右那么长，而且还特别爱舔小孩子的脸。听说就爱吃小孩子呢！"

"啊，啊啊！"

洋太吓得浑身发抖。

在儿科幢，有一个电梯门上刻着一个叉叉。

那个电梯里，装着一块大镜子。大镜子原本是为了让那些坐着轮椅的人，不撞到电梯而装的。从那块镜子里钻出妖怪来，这太难以置信了。

"下次咱俩一块去坐那个电梯吧。咱们去看看到底是不是真的。"

听光介这么说，洋太答应说："好。"

他不会拒绝好朋友光介的邀请。而且他觉得只要和光介一起去，无论出来什么妖怪，都没什么可害怕的。

"那咱们就说好了。"

说完，光介伸出了小拇指。于是洋太也跟着伸出了小拇指。

"拉钩上吊，一百年不许变。"

说是下次，其实两个人也没商量具体的时间。下次、什么时候、过阵子之类的，有可能就是明天、后天，或者大后天。总之，他们相信那一天会到来的。

可是不久，光介的病情就急剧恶化，然后他就离开了人世。那是洋太来到医院后，第一次经历朋友的去世。

在光介离开后，又过了三个月。

不知不觉就到了夏天。自从光介走后，洋太就深受打击，什么事儿都不想做。这一天，他突然觉得自己不能这样下去了。

"光介，我会努力的。"

洋太蹑手蹑脚地溜出了病房。

要是被护士发现了，计划就立即中止。希望不要被人发现……

洋太一边在心里祈祷着，一边穿过了黑黑的走廊。

其实洋太得的是和光介一样的病。

光介离开后，妈妈和医院的医生都一直在鼓励着洋太。

"你的病情在一点点好转哟。"

可是，洋太却感到自己的病情在逐渐恶化。身体越来越疲倦，真的是被病魔击垮了。

光介临终前，洋太专门去了重症监护室看望光介。在这之前，光介的呼吸已经变得困难。可当他看到洋太，就使出全身的力气说："我，我先……走了。洋……太……你……路……还长……，先不要……着急……过来。"

我先走了，洋太你路还长，先不要着急过来。

路还长？要是真那样就好了。

光介的死非常突然。或许有一天，自己也会突然死去。一想到这，洋太心里就特别难受。可是自己要是一直这样意志消沉，光介是要责备我的。要是以后去见光介，一定得跟他说说电梯的事儿。所以我必须去那个电梯看看。

对胆小的洋太来说，这可是要下很大的决心。

或许是在那个世界的光介在保佑自己吧。洋太没有被任何人发现，顺利走到了电梯口。

"不害怕，我不害怕。"

洋太摸了摸电梯门上的那个叉字符号。

要是妖怪出来了，赶紧按下开门键，跑出来就行了。

洋太鼓足了劲儿，按下了"上"键。

叮。

电梯就像是在等洋太一样，很快就打开了。

"不害怕，我不害怕。"

光介曾告诉自己，只要大声说出来，就能够受到保佑。每当打针的时候，只要大声说"不疼，一点都不

疼"，就真的不会疼。

洋太大喊了一声"嗨"，就走进了电梯。

叮。

电梯门关上了。

"呼，呼呼呼呼。"

洋太心里非常害怕，背对着镜子，不敢去看。他在心里呼喊，好想赶快离开电梯啊。

"不，不行。我必须好好看看。"

洋太鼓起勇气，转过身去。这姿势就跟挺着胸膛跟光介说话时一样。

好大的一块镜子啊。

在镜子里映出了自己的脸。不对不对，那张男孩的脸，好像不是自己的。

那张脸眉毛浓厚，有一双很机灵的眼睛。镜子里映着的，不是什么妖怪，而是一个不认识的男孩子。

"啊，啊啊！"

洋太吓得腿都软了。

"喂喂，你没事儿吧？"

浓眉大眼的男孩儿忽地一下从镜子里跳了出来，扶起了洋太。

"你，你，你是谁?"

洋太尖声叫道。

"我啊，我叫千岁。"

说完，这个浓眉大眼的男孩儿还用手指摸了摸自己的鼻子。

听到对方报上名字，洋太还有一点惊讶。他原本以为对方会说"我是镜子妖怪"呀、"我是幽灵"之类的话。

这样一来，自己也必须自报家门了。

"我叫洋太。"

"咦? 原来不叫胆小鬼呀。"

被千岁这么调侃，洋太心里有点不高兴。

"我怎么会叫这么奇怪的名字!"

"抱歉抱歉。我是看你很害怕的样子。"

说完，千岁哈哈哈地笑了起来。

"不过……"

洋太低下了头。

很显然，千岁不是什么吐着一米长舌头的妖怪。不过他也确实是从镜子里边出来的。

"你是幽灵吗?"

洋太还是鼓起勇气问了问。他心想，千岁说不定是在这家医院病死的小孩的幽灵呢。

"不是，我还没死呢。"

说完，千岁尴尬地笑了笑。

千岁可不是自己想来这里的，而是镜子的力量。毫无疑问，这块镜子有着神奇的魔力。

"好厉害啊。这样能去好多地方呀!"

洋太羡慕得不得了。自从生病后，他已经好多年没出过门了。

要是想去哪儿就能去哪儿的话……呀! 我真想去海边儿啊。洋太在心里这样想道。

洋太的家就在海边。打小时候起，他就一直在海边玩。他游泳特别好。没生病之前，可是想怎么游就怎么游。

好想念广阔的大海啊！

滚滚而来的波涛声、海风的味道、光着脚丫踩在沙滩上的感觉、闪闪发光的大海。洋太完全沉浸在怀念之中。

好想游泳啊！

不过现在，这些都是不能实现的梦想罢了。想到这，洋太心里一阵悲伤。

"你怎么了？"

千岁发现了洋太突然失落的脸。

"千岁，你可真幸福。"

洋太简直是太羡慕千岁了。健壮的肩膀、黑黝黝的胳膊、结实的大腿。

而自己肩膀窄小，胳膊肤色苍白，双腿瘦弱，整个人都显得病恹恹的。一想到这，洋太紧紧咬住了自己的嘴唇。

"你为什么来这里？这儿是我们这些生病的孩子才来的地方。不是千岁你该来的。"

洋太忽然冷漠地说道。随后，他按下了电梯的开门键。

千岁沉默着，睁大了眼睛看着洋太。

"我就快要死了。不能去海边了，也不能游泳了。哪儿都不能去了。再见！"

叮。

电梯门打开了。

洋太闷闷不乐地走出了电梯。

他晃晃悠悠地穿过昏暗的走廊。他的背影，显得那么无助，让人觉得心疼、可怜。

这时，千岁开了口。

"洋太！我是想死都死不了。年龄一点儿都不会增加。可能你不相信，但我是真的永远都死不了，还得一直这样活下去。"

洋太突然停下了脚步。

"大家都先我而死。妈妈、爸爸、哥哥，还有妹妹。他们早都死了，就剩下我一个人这样活着。就算我喜欢上一个人，到最后我还是得眼睁睁地看着那个人死去。我已经看过了太多的生生死死。即便那样，每当看到死亡的时候，我还是特别特别地难受。"

洋太没有转身，就那样一直听着千岁的话。

有人想死都死不了。这种事情洋太实在很难相信。但是就算那只是句玩笑，千岁的声音还是深深地刺激到了他。

一想到眼睁睁地看着光介死去的场景，洋太的心里就一阵难受。

洋太明白那种与喜欢的人生离死别的感觉。但是，洋太还是一直没有回头。对他来说，健健康康的千岁实在太过耀眼。

"去海边吧。我帮你去。"

千岁在洋太的背后说道。

"……"

洋太依然不说话，过了一会儿便又晃晃悠悠地穿过走廊离去。

咔嗒咔嗒，咔嗒咔嗒。

旧风扇的蓝色扇叶转动着。

房间里，飘着一丝蚊香的味道。

金鱼在玻璃缸里，优哉游哉地游来游去。

"好了。"

橙花婆婆把一张淡蓝色的桌布铺在了桌子上。

丁零，丁零。

铁质风铃发出了清脆的声响。

夏天清晨的若此堂，显得格外宁静。

店主橙花婆婆满头银发，留着娃娃头发型。她穿一身轻薄的橙色和服，看起来特别清爽。

"请喝这个。"

橙花婆婆将两个杯子放在了桌子上。杯子里盛满了米黄色的饮料。

"那我就不客气了。"

接过杯子的，不是别人，正是那个浓眉大眼的男孩子，千岁。

"冰镇糖水，很好喝吧。"

看千岁喝得那么开心，橙花婆婆眯起了圆眼镜后的眼睛。

冰镇糖水，是用糖水和生姜做成的饮料。常喝这种冰镇糖水，就算再热的天人都能保持精力旺盛。

"我想帮他做点什么。"

说完，千岁从兜里拿出了一个皮质的钱包。

橙花婆婆哼了一声说："你想用这个东西？"

"想用一点点。"

千岁回答道。

只见他用挖耳勺挖了一小勺。如果使用过量的话，洋太就会变得和千岁一样。

年龄完全不会增加，也不会死掉。不对，应该是想死都死不了。永恒的生命，就是这个钱包里的粉末带来的。

"不过，洋太要是愿意那样的话，多放一点也没关系吧……"

千岁自言自语地说。

橙花婆婆在一旁叹了一口气，说："哎。那是你的东西，你想怎么用就怎么用。不过，你一定要想好。"

"这个我明白。"

说完，千岁咕嘟咕嘟地喝完了杯子里的冰镇糖水。

橙花婆婆则一会儿打开柜子的抽屉，一会儿又关上，好像在找什么东西。

抽屉里放着好多东西。有花的种子、铅笔头儿、蜡烛、螺丝钉、剪刀、别针、邮票、只有一边的耳机、纽扣等。

"找到了，找到了。"

在好不容易打开的抽屉里，她终于找到了黑色的纸。橙花婆婆拿出一张，然后用剪刀剪了起来。只见，她熟练地剪出了一个纸人。

"只用一天的话，这个或许有用。你拿去吧。"

橙花婆婆把剪成纸人的黑纸交给了千岁。

"谢谢你，橙花。"

接过黑纸，千岁说了一句："那我先走了。"

然后他站在了被擦得干干净净的大镜子前。

橙花婆婆对着他，招了招手说："若是如此，那下次再见吧！"

"嗯，下次再见。"

千岁嘿嘿嘿地笑了笑，顺便用食指摸了摸自己的鼻

子。然后，他就钻进了大镜子里。

"啊，又走了。"

等千岁消失在大镜子里后，店里突然又寂静起来。

旧风扇咔嗒咔嗒转动的声音，偶尔传来的风铃丁零的声响，都显得格外大。

橙花婆婆静静地盯着放在桌子上的两个水杯。

天气太热的缘故，水杯的表面形成了很多水滴。橙花婆婆盯着已经恢复常温的冰镇糖水，久久地没有动弹。

从早上开始，洋太就感到身体不舒服。所以他没有去医院的学习班，而是在床上睡觉。

儿科病房的学习班，是大家一起高高兴兴学习的地方。现在自己却连那里都去不了了。一想到这些，洋太就用被子把自己从头盖住。

一看到耀眼的夏日阳光，他就心烦。所以连窗户的窗帘也拉上了。

家附近的海边，这时候肯定有很多人在高兴地玩耍吧。游到海上的小岛那里。然后躺在小岛的沙滩上好好地休息休息，那可真是太舒服了！

洋太想象着自己在海边的情景。他在心里念叨着"在梦里可以游泳啊，那就祈祷做个好梦吧"，然后闭上了眼睛。

"洋太……"

好不容易想做个梦，却听见有个人在呼唤自己。

"唉？谁呀？"

"是我啊，是我。"

这是谁回来了？

洋太从被子里不安地探出了头。

"嗨。我来了。"

站在床边的，不是医院的孩子，而是千岁。

"你来干什么？"

说完，洋太又盖住了被子。

"还问我干什么来了。咱们不都说好了嘛。"

千岁突然掀开了被子。

"什么说好了？"

洋太一脸茫然。

这时，千岁从口袋里掏出了皮质的钱包。然后他从里边取出了一个纸包，慢慢地打开。

纸里包着的是白色的粉末。

从某个角度看，粉末好像还发出闪闪的彩虹色，像极了研碎后的蛋白石。

"这个是把人鱼的鳞片研碎后的粉末。你知道吗，人鱼肉是长生不老的灵丹妙药。吃了人鱼肉，就能活上千年、上万年而不老。"

千岁说的这些话，怎么听都像是编的。不过洋太却并不认为这是假话。千岁的那张脸，不像是在说谎。他的脸很认真，还带有一丝忧郁。

"我很早之前吃了这个，所以一直活到现在。"

洋太吃了一惊。原来这时候的千岁的脸，看起来就像是疲惫的老人的脸一样。

"就算只是人鱼的鱼鳞，也有非常神秘的力量。你喝了这个，就不会死了。病也会好起来的。"

病会好起来，而且还不会死！！！

听到这儿，洋太睁开了眼睛。

"要不要跟我一起活下去？"

千岁追问说。

"这个……"

洋太一时不知道该说些什么。

不会死，永远死不了。永恒的生命？可以活上百年，甚至千年的永恒生命。

我想活下去，想一直活下去。可是，我并不想要什么永恒的生命。

看着洋太犹豫不定的样子，千岁突然抱住他的头，说："哈哈哈，那是骗你的。这东西可是很贵的哟。我只能给你一点点。我可只答应带你去海边而已。去海边，只要这一点点就可以了。"

说完，千岁就去拿放在床边桌子上的水壶。然后，他把一点点人鱼鳞片的粉末放进了水壶里。

"好了。你喝了这个，病就会消失一天。这一天里，咱们就去海边吧。"

把水壶交给洋太后，千岁又嘿嘿嘿地笑了起来，还用手指摸了摸自己的鼻子。

"嗯，好。"

洋太相信千岁的话，喝下了水壶里的水。

不久，他就感到从身体内部泛出了一股能量。洋太试着伸了伸自己的胳膊。

平时自己动一动身体就会发晕，可现在却完全没事。原本肚子里像灌了铅一样沉重，一直想吐，现在好像也完全恢复了。

身体很轻快。心情也好多了！

洋太高兴地从床上跳了下来，走路也不晃晃悠悠了。要是这样的话，我就能想去哪儿就去哪儿了。

千岁把从橙花婆婆那里拿来的黑纸纸人放在了洋太的床上，然后盖上了被子。

"这样一来，就好了。"

千岁拉住了洋太的手。

为了不让别人发现，两个人急忙地跑到了有着叉字符号的电梯旁，噌地一下就钻了进去。

"走咯！"

千岁先钻进了镜子里。随后洋太也战战兢兢地跟着钻了进去。

镜子就像黏糊糊的果冻一样。在果冻里慢慢地走了不久，就又嗖地一下到了外边。

原来电梯里的镜子和海水浴场里的那块镜子是相通的。两个人从更衣室的大镜子里钻了出来。

突然，两个人闻到了海风的味道。

"哇哇！"

洋太穿着病号服，张大了鼻孔，拼命地吮吸着海风的味道。

"洋太，到这边儿来。"

不知道什么时候，千岁已经为两个人买来了泳裤。

洋太脱掉了病号服，换上了蓝色泳裤。千岁穿上了深蓝色的泳裤，先走向了沙滩。

光着脚踩着柔软的沙滩，这种感觉真是太舒服了。温暖的阳光洒满了沙滩。海面上闪闪发光，让人眼花缭乱。

"啊，就是这里。"

洋太站在沙滩上，眺望着海面。只听见他轻声说："这就是我梦寐以求的那个大海。"

听到这句话，千岁微微一笑。

"镜子可以带我们去任何想去的地方。你说想来海边，所以就选择来海边了。"

这里是洋太家附近的海边。

洋太小时候常来这里玩。海面上那座熟悉的小岛清晰可见。

"以前我常游到那边儿去呢。"

洋太指着小岛说。

"那咱们也游到那边去吧！"

千岁拍了拍洋太的肩膀。

"嗯，走呀。"

洋太心里没一点底。就算吃了人鱼粉，身体恢复了。自己也已经好久没有游泳了，得病后胳膊和腿也消瘦了不少。

"我不都说了嘛，不要担心。"

千岁抓住了洋太的手。

"可，可是……"

千岁拉着犹犹豫豫的洋太就走，把他使劲儿拽进了海里。之后，他自己就开始游了起来。

好久都没有站在这种凉凉的海水里了。

踏入海水的这一瞬间，实在是太幸福了。

洋太看了看海平线。

广阔的大海，深深地环绕住了洋太。千岁已经游到
远处去了。

"好吧。"

洋太终于鼓起了勇气。

我一定要游到小岛那边去。

游着游着，他就感到自己能够游到小岛那边儿去。
不一会儿，他就追上了千岁。

"嗨……"

千岁这时正浮在海面上等着洋太。见洋太游了过来，
他赶忙挥手。

"千岁，你游得很不错呀。"

终于赶上来的洋太，看着千岁那熟练的泳姿，佩服
得不得了。

千岁则用开玩笑的口吻说："我可是渔夫家长大的孩

子哟!"

"噢噢……"

原来如此啊。

两个人用蛙泳的方式，慢悠悠地游到了小岛上。一开始洋太对自己的体力还不太放心，没想到游起来却没费什么功夫。照这情形看，还真是游到哪里都没有问题。

两个人游到小岛上后，就扑通一声平躺在沙滩上。阳光照遍他们的全身。

"真是太舒服啦!"

洋太朝着天空大喊道。他已经很久没有像现在这样，大声喊出来了。

要回去的时候，两个人决定比一比，看谁先能从小岛游到海岸边。

虽然洋太已经很努力了，可还是比不上这个在渔夫家长大的千岁。

洋太一边呼哧呼哧地喘着气，一边体验着那种酣畅淋漓的感觉。

"这会儿，大家应该都在找我吧。"

洋太突然想起了医院。

儿科病房的大家、小田老师他们应该非常担心自己吧。

"我放了一个你的替身在病床上，不要担心啦。"

虽然千岁这么说，可洋太心里明白，这儿可不是自己能久待的地方。人鱼粉末的魔力很快会消失。这个魔法，是不能长久保持下去的。

"我得回去了。"

洋太脱了泳裤，换上了病号服。

"噢，这样啊。"

千岁无奈地笑了笑。

"洋太你回去后，那个替身就会变回黑纸。你把它撕碎，然后扔掉就可以了。"

"嗯，我知道了。"

两个人站在了更衣室的大镜子前。确认了周围没有人看到后，他们就钻进了镜子里。

两个人去的，不是同一个地方。洋太自然是回到青叶山医院。而千岁，谁知道又会去哪儿呢？

"你一定要好好地活下去啊。"

分别的时候，千岁鼓励洋太说。

洋太微微一笑，回答说："千岁，你也是。"

第四篇

打鬼的棒槌

打鬼的棒槌

小翼一直在寻找那个大叔。

那个大叔戴着黑色鸭舌帽，穿一身长款黑色大衣。他的眼睛炯炯有神，鼻子像拧弯了的钥匙，嘴唇则是蓝紫色的。无论是谁，只要是见过他一面，就肯定忘不了他那令人毛骨悚然的外貌。

小心昏迷不醒，也是拜他所赐。

这事情就算跟谁提起，恐怕也没人相信吧。所以小翼必须找到那个大叔，救救小心。

小翼心里越来越着急。要是一直这样下去的话，小心就要丧命了。这可怎么办呀？

从学校回家的路上，一个大叔叫住了小心。

"小姑娘，你要不要看一看呀？"

这是一个很低沉的声音。

小心一开始吓得打了个寒战。可当她看到大叔摆在面前的那些漂亮罐子后，就深深地被吸引了。

　　一块黑色的布摊开在地上，上面摆满了各种颜色的罐子。有暗红色的、天蓝色的、草绿色的、柠檬色的等。还有桃红色、淡紫色、奶油色之类的。形状上，既有细长细长的，也有看起来很敦厚的罐子。一句话，各类大小、各种形状是应有尽有。

　　这些罐子表面特别光滑，就像玻璃一样。不过都不是透明的，所以看不到罐子的内部。每个罐子都散发着独特的魅力。

　　其中一个淡紫色的罐子引起了小心的注意。无论是从形状还是颜色来看，这个罐子都非常地漂亮。

　　小心情不自禁地走上前，去抚摸那个淡紫色的罐子。

　　"你喜欢这个吗？"

　　大叔笑嘻嘻地问道。

　　"嗯。这个颜色和样子，我都喜欢。"

　　淡紫色的罐子周身厚重圆润，还有一个曲线平滑的把手。

"那个，可是你的罐子哟！"

大叔用炯炯有神的眼睛盯着小心，说道。

"我的罐子？"

听到这句话，小心感到一阵害怕，赶忙把手缩了回来。

"你不是一直想从这个世界上消失吗？今天，你走路的时候，心里不也是那么想的嘛。我看你每天都在想这件事。"

大叔的眼睛似乎看透了小心。

他怎么会知道这些事儿？小心吓得往后退了一步。

我想从这个世界上消失。确实，每天走去学校的路上，我都在想这件事。今天在学校，又发生了一些不开心的事情。

发中午饭的时候，小心正想吃面包，就听到了一阵阵窃笑。小心心里咯噔一下，心想坏了。于是她赶忙翻到面包的另一侧，才发现那里涂着画画用的黄色颜料。

"这是给你特别涂上的'奶油'哟。赶紧吃呀！"

同班的女孩子们都凑了过来，在她耳边说着。

"……"

小心把涂着颜料的面包默默地折成了两半。然后，用手帕包了起来，塞进了书包。

小心无论做什么事儿都比别人慢一拍。所以，打小起她就一直受到排挤。

参加赛跑，她总是不小心跌倒，然后受伤。玩捉迷藏，也老是找不到大家藏身的地方。参加分队游戏，只要小心在哪个队，哪个队就必输无疑。所以大家都常说："跟小心一起玩儿，真是太没意思了。"

进入现在这个班后，有一次打扫卫生时她被水桶绊倒，结果弄得教室里到处是水。还有一次班级对抗踢球比赛，因为小心接二连三的失误，结果他们班成了倒数第一。

要是以后再搞砸了，可怎么办啊！

因为常担心这些事情，不知不觉中小心无论做什么事情都提心吊胆的。

同班同学也以捉弄小心为乐。不是把她的运动服藏起来，就是把她的笔记本撕烂。还有的人，在她下楼梯的时候，猛地从后边推她一把，导致她从楼上摔下来。还有一次，在泳池的时候，有的小孩藏在水中故意拉她的腿。她都差点淹死在那里。

就这样，每天都有这些不好的事情发生，每天被人嘲笑。于是，小心就在心里念叨，要是能从这个世界上消失该多好啊！

"大叔我呀，能够把小孩子的灵魂放进这个罐子里，一个罐子里装一个灵魂。遇到一个孩子，就给那个孩子找一个合适的罐子。小姑娘，你的罐子呀，就是那个哟！"

大叔说着说着，又朝着小心走近了一步。小心吓得赶忙再退后了一步。

收集小孩子的灵魂？

听起来好吓人啊。要是灵魂被取走了，那该变成什么样啊？

"取走灵魂，就能够从这个世界上消失吗？"

小心随口说了这么一句。

大叔露出狰狞的面孔，说："那让我来实现你的愿望吧。"

然后，他把手伸向了小心。

我想从这个世界上消失……

小心没有逃开，反而朝着大叔的手伸过来的方向靠了上去。

大叔那双皮包骨一样的手按住了小心的头。

小心便闭上了眼睛。呼呼呼，随后她便失去了意识。

就算我从这个世界上消失了，也没有人会感到悲伤吧。哦，妈妈、爸爸和姐姐也许会哭吧。不过，像我这样做什么事都慢一拍的女儿，或许消失了会更好一些吧。

小心的灵魂，嗖地一下就被大叔的双手吸走了。

对不起，妈妈，对不起，爸爸，对不起，姐姐。

小心的身体像散了架一样，倒在了地上。她已经没有任何意识了。

大叔吸走的灵魂，就像轻飘飘的一块云朵一样。大叔用双手摆弄着小心的灵魂，不费多大功夫就把它放进了淡紫色的罐子里。

好可怕啊！

发生的这一切，被小翼看得清清楚楚。原来，他一直藏在电线杆后。

小翼吓得身体抖个不停。他想上前去帮帮小心，可是被吓得都不敢出声。

这个坏蛋！

过了一会儿，大叔把罐子一个个放入黑色皮箱，然后用黑布包了起来。做完这些工作，他就转身离开了。

"喂，你没事吧？"

等大叔离开后，小翼赶忙跑到了小心那里。这时候，小心躺在路边一动不动。

不管他怎么叫喊，小心始终没有张开眼睛。

"喂喂喂，小心！"

小翼大声叫喊着。

小心住院已经五天了。小翼找那个大叔也五天了。

在那之后，完全没有大叔的任何消息。但小翼没有放弃寻找。

"你可别死。要不然，我不会原谅你的。"

小翼对躺在病床上的小心说。

"……"

没有回答。

一直以来，小翼都在一旁悄悄地观察小心。她那不慌不忙的说话方式、温柔的笑、落落大方的仪态都深深地打动着他。

虽然班上的同学们都很讨厌小心，可小翼却非常喜欢她。

生活中，小翼也老是慢一拍，而且从小就很胆小。虽然大家都去欺负小心了，可搞不好，原本自己才是那个应该被欺负的人。

自己本来就有点对不起小心，又在关键的时候没能帮她。看着她被欺负得快哭出声来，自己却只是在一旁默默看着。唉，自己真是太没出息了！

"我一定要找到那个家伙！"小翼在心里发誓。随后，他便走出了病房。

他每天都去小心倒下的地方看看。那个大叔之后再也没出现过，也没有其他可靠的线索。只好去那里碰碰运气看了。

今天在大叔铺黑布的那个地方，出现了一个路边摊。

小翼一开始还以为是卖拉面的。不过，过了一会儿他就闻到了鲣鱼汤的香味儿。

"这个狐狸乌冬面①，一碗三百五十日元。"

一个用毛巾裹着头的小女孩对小翼说。这个女孩单眼皮，还有点儿吊眼儿。看年纪，好像比小翼要小两岁。

经营这家路边摊的，是一位身穿黄褐色和服的女人。这个女人跟小女孩一样，用毛巾裹着头，也是个单眼皮。不过，她非常漂亮。

看样子，女人和小女孩似乎是母女。而小女孩是来给妈妈帮忙的。

这个小女孩已经从学校毕业了吗？好厉害啊！

小翼特别佩服这个比自己年龄小，却已经出来帮家人的女孩。

---

① 一种加了油豆腐的乌冬面。日本民间传说狐狸特别爱吃豆腐，因此称加了油豆腐的乌冬面为"狐狸乌冬面"。一说油豆腐与狐狸黄褐色的皮毛颜色相近而得名。

"闻起来好香啊!"

听小翼这么一说,小女孩露出了开心的表情,原本的小眼睛眯得更小了。

"吃了我家的油豆腐,保证你不再想吃其他家的。就是那么好吃哟!要不要尝一碗?"

小翼特别喜欢吃这种加了油豆腐的乌冬面。口袋里刚好放着三百五十日元,这是家里刚给的零花钱。他原本想,找那个大叔可能要坐公交或电车之类的,所以就把零花钱装在了身上。

好想吃这个香香的油豆腐啊!

自己之前从来没有一个人坐在路边摊上吃过饭。小翼还是被小女孩的话给吸引了。可是现在,自己可没有时间去吃什么乌冬面。

"不好意思啊,我现在正在找人。"

小翼急忙给小女孩道歉。

"噢,原来是这样。"

小女孩有一点点失落。

"实在不好意思。我现在正在找一个戴黑色鸭舌帽的大叔。他还穿着一身黑色的长大衣，眼睛炯炯有神。鼻子弯弯的。然后，嘴唇还是蓝紫色的。"

小女孩眨着小眼睛，仔细听小翼说着。当她刚想开口对小翼说点什么的时候，耳边传来了穿和服的女人的训斥。

"你可别乱说话。"

于是，小女孩只好紧紧地闭上了嘴巴。

"咦，狐狸乌冬面。好少见啊！给我来一碗尝尝。"

一个穿着牛仔裤的小伙儿坐在了圆椅子上说。

"好嘞。"

穿和服的女人高高兴兴地答着话，然后煮起了乌冬面。

这个小女孩，好像知道那个大叔的事情。

小翼刚想到这，就见小女孩用开水热着碗，忙碌了起来。等了一会儿，也不见她有继续说话的意思。没办法，小翼只好朝公园方向走去。

小女孩默默地看着小翼无精打采地离开。不知怎么的，她突然特别想追上去。于是，她大喝一声，拔腿就

跑了出去。

"妈妈，对不起。"

看着女儿去追小翼，穿和服的女人大声喊道："哎，你这个孩子真是的。不要跌倒了！"

"知道啦。"

小女孩高兴地大声回复，然后接着跑了起来。

呼呼呼……

小翼瞪圆了眼睛，看着喘着大气跑过来的小女孩。

小女孩的头罩跑着跑着都掉了。小女孩的头上，露出了一对三角形黄褐色的耳朵。

"你就这样一直走，千万别拐弯。一直走一直走，就能走到一个叫若此堂的地方。"

小女孩呼呼呼地喘着气，说着。她没有注意到自己的头罩已经掉了。

"一直走？若此堂？"

小女孩说的话，小翼听都听不懂。他开始有点慌神。

这个露出耳朵的小女孩，在说一些让人听不懂的话。她说什么一直走。可是公园里的路不能直接走过去啊。

而且，自己也没听说过什么若此堂。

"世上的路，可不是只有那些用眼睛能够看见的路。还有一些路是眼睛看不见的。你就当眼睛被蒙上了，一直走。到了若此堂那里，橙花婆婆会帮你的。你要找的那个家伙，过一会儿就要来吃乌冬面。所以你必须要马上返回来，和他打上一仗。"

"打上一仗？"

小翼越听越慌。

"你这么帅，我可是支持你的哟。你不是想从那个家伙那里拿回灵魂吗？所以，你一定要加油！"

说完，小女孩握住了小翼的手。

她知道灵魂被拿走的事情！

小翼心想，这个长着三角形耳朵的小女孩知道那些不可思议的事儿，也没什么可大惊小怪的。

"我知道了。我这就去。"

小翼在心里打定了主意。

要是让这个机会溜掉了，或许再也看不到那个大叔了。暂且相信小女孩的话，试一试吧。

小翼径直走了起来。

"要是见到橙花婆婆了，你记得要先说你的名字啊。"

小女孩挥着手，说道。

"嗯。"

小翼也冲着小女孩，挥了挥手。

一直走的话，得先爬上滑梯，然后滑下去。紧接着再进入沙坑，穿过一片山茶花。之后还得踩过枯草地，穿过一片小树林。

咦？小树林有这么大吗？

不管他怎么走，都一直被树木包围着。一直看不到对面，似乎是踏入了林子的深处。这里好像已经不是小翼所熟悉的那个公园了。

只能这样一直走下去了。一直走，一直走。

带着不安的心情，小翼继续走着。

不久，他看到了一条小路。小路连着一条柏油路。不知不觉间，他已经穿过了小树林。

若此堂就静静地矗立在柏油路的尽头。

店门口放着破旧的椅子和破烂似的自行车。此外还有火盆、棋盘、铝制锅等物件儿乱糟糟地摆在那里。

"请问，有人在吗?"

小翼推开了玻璃门，走进了店里。

店里比外边更乱。从大镜子、衣柜、留声机这种大件儿到烟管、挖耳勺、钢笔这类小件儿，塞得到处都是。

沙沙沙沙沙。

一只黄绿色的蜥蜴爬过乱糟糟的桌面。

"有人在吗?"

小翼再次喊了喊。这时一个声音传来:"听到了，听到了。"

从里边走出来一位老婆婆。

这位老婆婆满头银发，却留着娃娃头的发型。她戴着一副圆眼镜，穿一身橙色和服。看起来一脸严肃。

哇，这位就是橙花婆婆吧。

面对着这个一脸严肃的老婆婆，小翼非常紧张。不过他还是正正经经地说出了自己的名字:"我，我叫北见翼。有一个长着三角形耳朵的小女孩，就是那家卖乌冬面的路边摊的小女孩，她告诉我您这家店的。其实，其实是这样的。一个穿着黑大衣的大叔拿走了我朋友的灵魂。"

这时，只听见橙花婆婆哼了一声。

"我叫大原橙花，是这家古道具店若此堂的店主。你说的那个穿黑大衣的大叔，就是那个卖罐子的家伙吧。靠卖装着小孩子灵魂的罐子赚钱的那个，可真是个让人烦的家伙啊。"

橙花婆婆还说，罐子里小孩子们的灵魂孤零零感到害怕，会发出呜呜呜的哭泣声。那些以听这种哭泣声为乐的人，就会来买这种罐子。

还有人以听哭泣声为乐？

小翼惊愕不已。小心的灵魂或许也在孤孤单单地发出呜呜呜的哭泣声吧。

"请您告诉我，我怎样做才能取回朋友的灵魂。"

小翼拼命地央求着。可是橙花婆婆却一副不悦的表情。

"取回来是可以的。可是，那个女孩是自愿把灵魂献出去的。小翼，把那个孩子的灵魂取回来，你能让那个孩子幸福起来吗？"

听完橙花婆婆的话，小翼咕嘟地咽了口唾沫。

他想起了一直被同学们欺负的小心，想起了无动于衷、胆小的自己。正像橙花婆婆说的那样，就算把小心的灵魂取了回来，如果小心还是像原来那样孤孤单单的，那就没有一点意义了。

我能够办得到吗？

小翼在心里这样想道。说老实话，他一点儿信心都没有。可是，要是连自己都说不行的话，小心恐怕也不会回来吧。

小翼再也不想这样下去了。

小翼想和小心一起在教室摆课桌，一起聊天。为了小心，也为了自己，小翼回答说："嗯，我可以的。我要试一试。"

听完小翼的话，橙花婆婆蹲下了身子，去桌子下找什么东西。

桌子下，也摆放得乱七八糟的。

"有了。"

橙花婆婆翻开箩筐、水壶，搬开堆积如山的百科字典，拿开木刻花猫的陈设，最后终于找到了一个东西。橙花婆婆站起身来，说："若是如此的话，你就用这个吧。用法是这样的……"

橙花婆婆递给小翼的，是一根有些陈旧的木头棒槌。

"我只带了这么点儿钱。"

小翼把身上所有的零花钱都递给了橙花婆婆。

"刚好够买一碗狐狸乌冬面呢。"

橙花婆婆数了数手上的零花钱说。

小翼一手拿着棒槌，径直顺着柏油路返了回来。不久他便穿过了小树林回到了公园。然后依次穿过了沙坑、滑梯，来到了路边摊。

路边摊的圆椅子上，这时正坐着一位客人。

因为是背对着小翼，所以他看不清对方的正脸。可从鸭舌帽、黑大衣、黑色皮箱就可以知道，这不是别人，正是那个大叔。

"喂，喂喂！"

小翼冲着大叔的背后叫着。

听见呼喊声，大叔慢慢地回过了头。

"什么事儿？小鬼。"

看见大叔那双冷冰冰的眼睛，小翼吓得浑身发抖。可是他知道，这个时候自己不能退缩。

"快，快把小……小心的灵魂交出来！"

说完，小翼飞快地用手去抓大叔的鸭舌帽。

"你这个小鬼，快给我住手。"

大叔想用手压住自己的帽子，不过小翼的手已经先抓到了帽子。大叔的帽子掉在了地上。这样一来，大叔头上那尖尖的角便露了出来。

这是橙花婆婆告诉小翼的。这个大叔的原形是一个鬼。他一直戴着帽子，是为了掩藏自己头上的角。

"你这个小鬼。"

大叔用一股巨大的力气把小翼甩到了一边儿。这时，只见他眼珠子里冒出了熊熊火光，张开的大嘴里露出了锋利的牙齿。他终于露出了鬼的本来面目。

咚的一声，小翼的身体跌倒在了地上。可他不能就这样认输。

小翼站了起来，再次朝着鬼的方向走了过去。

"哇呀呀。"

小翼大叫着，使出全身的力气，朝着鬼的身上撞去。只见鬼的身体失去了平衡，然后跌倒在了地上。

"你这个混蛋，你想干什么！"

就在鬼惊慌失措的那一刻，小翼大喊一声，用棒槌击中了鬼头上的角。

鬼惨叫了一声，转了一个圈儿后，身体缩小了一圈儿。

小翼赶忙又用棒槌打了鬼的角。

噌地一下。

鬼的身体又缩小了一圈儿。

"嘿呀，嘿呀，嘿！"

小翼追上了正要去拿黑皮箱的鬼。

"啊，啊，啊！"

小翼发现用棒槌每击打鬼的角一次，鬼的身体就会噌噌噌地缩小一圈儿。

"啊，啊，啊！"

"嘿呀，嘿呀，嘿！"

噜噜噜。鬼的身体最后缩成了十厘米那么大。他已经不再去理会黑皮箱了，一溜儿烟地逃跑了。

"哎呀呀，好厉害啊。你刚才真的好酷啊。"

用毛巾裹着头的那个小女孩儿拍着手，从路边摊那里走了过来。

"嘿嘿嘿……"

小翼害羞地低下了头。

接下来，还有更重要的事儿要做。小翼打开了鬼留下的黑皮箱。

黑皮箱里放着各种各样颜色的罐子。小翼首先拿出了那个淡紫色的罐子，那个罐子里装着小心的灵魂。

"嘿呀！"

小翼用棒槌打碎了罐子。从罐子中飘出了一团白烟一样的东西。那团东西轻飘飘地朝着小心住院的地方飞去。

看着眼前的其他罐子，小翼停下了手。

他想起了橙花婆婆的话：取回来是可以的。可是，那个女孩是自愿把灵魂献出去的。打碎罐子，灵魂回到身体的孩子，果真就能幸福下去吗？

"不要犹豫了。要是一直这样下去，罐子里就一直会发出呜呜呜的哭泣声。如果放他们回去的话，说不定他们身边会出现像你一样的朋友呀！"

穿黄褐色和服的女人这样说道。

小翼稍微沉思了一阵子后，大喝一声"嘿呀"，把罐子一个个地用棒槌敲碎了。好多的灵魂从里边跳了出来，然后迅速地飞走了。这些灵魂都是要回到孩子们的身体里去的。

小翼一直目送着，直到最后一个灵魂离开。

他在心里祈祷，希望大家都能幸福开心。

这时，穿黄褐色和服的女人对他说："要不要来吃上一碗乌冬面。我免费请你吃哟。"

不过，小翼拒绝了。他说："谢谢您。我想早点回去看我的朋友。"

"哦哦，这样啊。说得也是呢。"

说完，女人微微一笑。

"那就快点回去吧。"小女孩用手推了推小翼的背，说道。

"嗯。"

小翼给两个人深深地鞠了一躬，然后朝医院飞奔而去。

＊＊＊

小女孩熟练地用一只手咔嗒咔嗒地推开了玻璃门。她的另一只手上托着一个盘子。这个盘子是送外卖时放乌冬面的碗用的。

"嗨，我来啦!"

她兴高采烈地打着招呼，走进了店里。

"能给我放在这里吗?"

橙花婆婆这会儿正坐在电灯下等着。电灯依旧发着橙色的光。

店里的留声机里，传来了沙哑的爵士乐。仔细一看，那部留声机的扩音喇叭像极了牵牛花的花瓣。

"好的。请用。"

小女孩把盛着乌冬面的碗放在了桌子上。

"谢谢。那，这个给你。"

橙花婆婆拿出了三百五十日元，交给了小女孩。

"那个鬼呀，跳着逃走了。然后呢，那个男孩子打碎了所有的罐子。"

听完小女孩的描述，橙花婆婆只是哼了一声。

"我又失恋了。看来，人类和狐狸之间，是不可能有爱情的啊。唉!"

说完，小女孩叹了一口气。而橙花婆婆却在一旁大口大口地吃着美味的乌冬面。

狐狸母女俩做的乌冬面呀，还真是吃了一次就再也忘不了啊。

后　记

在准备执笔写这本书前不久，我的一位好朋友去世了。

好朋友的去世，非常突然。接到噩耗时，我十分震惊。当时心里并没有马上感到难过，或者孤单。只是一脸茫然，不知所措。

于是我就回忆，最后一次见朋友是什么时候。想来想去，才记起那次相见是在车站检票口的偶然相遇。那个时候真的好让人怀念啊。然后，我再次听了听朋友谱的曲子。

过了不久，悲伤的情绪突然泛上心头，于是哇哇哇地哭了起来。

大哭一场后，我便开始着手写这些故事。我想通过写作，来审视"生命"到底为何物。

凡是有生命的东西，最终都逃不过死亡。人从生下来的那一刻起，死亡便已经注定。不管是多么伟大的人，还是多么有钱的人，都一样。你和我，也一样。

无论怎么努力，我们都不能摆脱死亡。我今年三十八岁，除了好朋友的死之外，也经历了不少人从身边离去。未来的某一天，我也会死去。

当我们考虑"死"的时候，其实更重要的是对"死"的对立面，即"生"的思考。在迎来死亡之前，如何活着，才是我们真正应该重视的问题。

这四个故事的主题，即是生命。在这里，我写的正是关于生和死的问题。如果这本书能让你重新思考生命，那就再好不过了。

顺便说一句，开头提到的那位好朋友，是自杀身亡的。原本应该继续活下去的，可朋友却选择了死亡。对此，我感到非常遗憾。

所以，请大家千万不要那样。那样的话，实在太让人惋惜了。自己结束生命，太得不偿失了。就算有一天特别想死，也请一定要活下去。我相信会有那么一天，你会觉得活下来是件多么美好的事情。

所以，请珍惜你的生命。

若此堂的橙花婆婆肯定也是这么想的。

8月15日　盂兰盆节最后一天

于大阪家中

楠章子

CHIISANA INOCHI TO ACCHI TO KOCCHI
by AKIKO KUSUNOKI and Illustrated by YUMIKO HIOKI
Text copyright © 2012 by AKIKO KUSUNOKI
Illustrations copyright © 2012 by YUMIKO HIOKI
Original Japanese edition published by Mainichi Shimbun Publishing Inc.
All rights reserved
Chinese (in simplified character only) translation copyright © 2020 by Zhejiang
Literature & Art Publishing House
Chinese (in simplified character only) translation rights arranged with
Mainichi Shimbun Publishing Inc. through Bardon-Chinese Media Agency, Taipei.
版权合同登记号：图字：11-2017-225 号

图书在版编目（CIP）数据

古道具店. 2，微小生命的奇迹 /（日）楠章子著；
（日）日置由美子绘；时渝轩译. —杭州：浙江文艺出版
社，2021.1
　　ISBN 978-7-5339-6044-5

　　Ⅰ. ①古… Ⅱ. ①楠… ②日… ③时… Ⅲ. ①儿童
故事—作品集—日本—现代 Ⅳ. ①I313.85

中国版本图书馆 CIP 数据核字（2020）第 037696 号

古道具店2：微小生命的奇迹

作　　者：[日] 楠章子
插　　图：[日] 日置由美子
译　　者：时渝轩
责任编辑：邵　劼
封面设计：徐然然
出版发行：浙江文艺出版社
地　　址：杭州市体育场路 347 号
邮　　编：310006
网　　址：www.zjwycbs.cn
经　　销：浙江省新华书店集团有限公司
制　　版：杭州天一图文制作有限公司
印　　刷：浙江超能印业有限公司
开　　本：880 毫米×1230 毫米　1/32
字　　数：57 千字
印　　张：4.125
版　　次：2021 年 1 月第 1 版
印　　次：2021 年 1 月第 1 次印刷
书　　号：ISBN 978-7-5339-6044-5
定　　价：**28.00 元**

（如有印、装质量问题，请寄承印单位调换）